빛이 머무는 자리

문힘시선 039

빛이 머무는 자리

유현민 시집

도서출판 **문화의힘**

빛이 머무는 자리

수없이 스치는 빛과 그림자 속에서
우리는 만나고, 스치고, 머문다.
순간마다 마음이 닿는 곳에
삶의 온기와 인연이 쌓인다.

이 시집은
빛이 머무는 순간을 따라 쓴 이야기이며
저녁의 등불 속, 비 내린 창가,
조용히 머문 마음이 피워낸
사랑과 그리움의 꽃을 담았다.

빛이 머무는 순간,
스쳐 간 시간과 인연이
가슴에서 꽃이 되는 순간을
이 책에서 만나주길 바란다

2025년 12월
유현민

제1부 시의 안부

눈의 방울, 봄을 맺다 ················· 12

이름 ······························· 13

무명無明의 벽 ······················· 14

두통 ······························· 16

시의 안부 ·························· 18

운雲의 서書 ························· 19

흙의 언어 ·························· 20

수국의 전설 ························ 21

불의 기도 ·························· 22

찻잔 속의 달 ······················ 23

너는 꽃이었다 ····················· 24

시작 ······························· 25

저녁 등불 아래서 ·················· 26

준비 없는 이별 ···················· 28

제2부 묵은 숨 아래서

피어남 ·················· 30

봄비의 연가 ·············· 31

성벽 ··················· 32

봄의 새벽 ··············· 33

붉은 꽃 피다 ············· 34

봄비처럼 ················ 36

하루의 끝에서 ············ 37

육백 년의 기도 ··········· 38

늦은 밤 ················· 40

고단한 하루 ·············· 42

묵은 숨 아래서 ··········· 44

희망 ··················· 45

여름의 끝자락에서 ········· 46

산울림 ················· 47

제3부 비 오는 날의 수채화

또, 오늘······················· 50

눈 속의 불꽃 ················· 51

비 오는 날의 수채화················ 52

해우소 ······················ 53

알사탕························· 54

기다림························· 56

바다의 숲····················· 57

이름 없는 길··················· 58

가을 풍경 ···················· 60

분홍빛 그늘 ··················· 61

설중화에게 ··················· 62

단비 내리네··················· 63

빛이 머무는 자리················ 64

첫눈························· 65

가을비의 입맞춤 ················ 66

제4부 늘 처음처럼

봄을 보듯 나를 본다··················68

나를 만나다 ····················69

오늘도 배운다····················70

안녕····················72

늘 처음처럼····················74

배웅····················76

숨은 달 ····················77

기다림의 끝, 만대 ····················78

아버지의 뒷모습····················79

붉은 꽃 ····················80

패랭이꽃····················81

과녁····················82

가면의 시간····················84

첫사랑의 바다 ····················86

제5부 둥근 사유

폭포의 시간····················· 88

그림자 날개····················· 89

길 위의 여정···················· 90

하나 되는 시간·················· 92

길에서 만난 내일················ 93

노을빛 들판····················· 94

가루의 무게····················· 95

당신의 우주····················· 96

둥근 사유······················· 98

붉은 불꽃······················· 99

영원의 물결····················· 100

달빛 잠들다····················· 102

하얀 추억······················· 103

기억을 걷다····················· 104

| 해설 | 조명제
바람과 햇살,
그리움이 피워낸 고요의 들꽃 ······ 108

제1부

시의 안부

눈의 방울, 봄을 맺다

입춘의 치맛자락을 겨울이 붙든다
눈송이가 한 올, 두 올
속눈썹 끝에 걸려
차디찬 속삭임을 흘린다

하늘은 하얗게 길을 깔고
세상은 새하얀 숨결 속에 묻힌다
아직 오지 못한 봄이
문득, 내 마음 끝에 걸린다

문틈 새로 스미는 바람에
한 줌의 온기를 부쳐 보낸다
옷깃을 여미는 아이의 손끝
몸을 웅크린 길고양이의 떨림
길모퉁이에서 기다리는 낡은 그림자

눈이 녹아 한 방울, 두 방울
새 움 틔울 때까지
따뜻한 속삭임을 모아
가장 먼저 피어날 꽃을 품는다

이름

어머니는 오늘도
부엌 귀퉁이에 앉아 계신다

낡은 행주에 배어든 온기
빛바랜 찻잔 속 숨은 고요

그 곁에
빈 의자 하나

하루의 끝에서
저녁 냄새가 묻어나면
문틈 사이로 어머니가 보일 듯하다

눈 감으면
차마 다 부르지 못한
이름

그 이름이
나를 살게 한다

무명無明의 벽

한 생애를 건너며
우리는 수없이 벽을 만든다

침묵으로 쌓고, 시선으로 굳힌
이름 없는 벽

그리움이 먼저 부딪히고
침묵이 그 뒤를 따른다

말이 말을 가리고
침묵은 마음을 지운다

서로에게 다가간다는 건
나를 잃지 않으려
너를 껴안는 일이다

벽이 되지 않기 위해
내 안의 모서리를 깎는다

우리는 다시 틈을 낸다

스스로 무너지지 않기 위해
바람 하나
지날 만큼의
여백을 남긴다

마침내
벽 앞에서
서로의 무릎이 꺾일 때
사람은 사람에게
꽃이 된다

두통

쿵!

눈을 감자
오래전 한숨이
다시 숨이 되어 나온다

이마를 타고 흐르는
땀방울,
간당간당 희망 하나
붙들어 본다

도시는 이미
잊혀진 이름으로
파묻히고
머릿속엔
붉은 신호등이 켜졌다

이마 위 작열하는
태양,
뜨거운 이름을 토해낸다

안개가 걷히고
초록불이 켜지면
평온을
맞으리라

시의 안부

어둠은
말보다 먼저 도착했다

조용한 한 줄의 시가
무너진 가슴에 스며
언젠가 등불이 되리라

상처 난 말들을
조금씩 싸매어
아무도 듣지 않는 자리에서
평화를 꿈꾼다

사람이 사람을 위로하는
유일한 언어로
시는 다시 살아난다

누군가는
총 대신 시를 들고
증오가 가르지 못한
한 줌의 평화를 지킨다

운雲의 서書

바람의 필촉筆觸 아래
하늘 가득 묵향을 풀었다
햇살을 물감 삼아 번지고 스미어
한 조각 편지로 떠돈다

흐름은 나의 본령本領
머묾은 이별의 전주곡
형태 없는 살갗에 빛을 두르고
무형無形의 음률로 떠돈다

때로는 유영游泳하는 파도처럼
때로는 흩날리는 편지처럼
천공天空의 책장을 넘긴다

어디에도 기댈 수 없는 존재
어디든 닿을 수 있는 운명이 된다

흙의 언어

한때 태양의 혀끝에서 춤을 추었다

바람을 휘감고
시간을 흔들었다

계절의 칼날이 지나
침묵과 바스러진 윤곽을
가슴에 묻었다

뿌리의 필체로
햇살 한 점에도 떨리는
어린잎의 쉼표로
흙은 깨어났다

생의 문턱에서
무너졌다 다시
완성되는 흙의 언어들

수국의 전설

당신은 한 송이 수국입니다

한때,
햇살을 가득 안고
바람에 몸을 맡기어
비를 머금을수록 짙어지는 빛으로
수많은 계절을 품으셨습니다

마디마다 바람이 스미어
꽃잎은 당신의 시간처럼
하나둘 기억을 내려놓습니다

꽃은 지고
기억은 시들어도
당신의 향기는
새록새록 피어납니다

불의 기도

붉은 혀를 앞세워
밤하늘을 삼켰다

바람은 불씨를 끌어안고
하릴없이 숲을 헤집는다

더는 삼키지 말거라
땅은 이미 충분히 아팠다

하늘이시여,
단비를 내려주소서

더는, 더는
잿빛 새벽이 오지 않도록
희망 한 줌 남겨 주소서

찻잔 속의 달

둥근 빛이 걸렸다

모락모락 피어오르는 말
젓가락 끝에서
바람 같은 시간이 스쳤다

손끝에 묻은 기억
서로의 그릇에 나누면
촉촉한 눈길이 스민다

떠났던 발걸음
다시 둥글게 모여
말없이 등을 토닥이는 밤

식어가는 찻잔에도
따뜻한 달이 떠 있다

너는 꽃이었다

너를 만난 날
개나리 한 줄기
울타리 너머로 웃고 있었다

햇살 속에서 눈을 피하던 마음은
민들레처럼 부풀었고
바람에도 쉽게 떨리곤 했다

진달래 붉은 입술 닮은 웃음은
몇 해가 지나도 지워지지 않아
봄이 오면 너를 꺼내본다

시작

시작은 고요했다

묵은 생각을 개어두는 저녁
창가에 초록 하나 기웃댄다

한 줄기 햇살에
내 안의 오래된 겨울이 녹아내렸다

잠들 듯, 눈 뜨듯
익숙한 것들과 마주하는 일

이제,
그 첫 페이지에
연둣빛 하나를 적는다

저녁 등불 아래서

바람 끝에선 이름 없는 섬이 되더라
아버지의 뒷모습처럼 무심한
늘 돌아보면 그 자리에 있던 바위 하나

저녁이면 주방 창가에 매달린 햇살
언제나 엄마 손등을 닮아 있었다
물때에 젖은 굽은 손
젖은 그릇을 닦으며
무언의 기도를 바치던 숨결이 아직도 서늘하다

너무 조용해서, 너무 익숙해서
사랑이 꼭 고장 난 시계처럼
말없이 똑딱거리기만 하던
그 공간이 미워서
도망쳤지

낯선 도시의 불빛은
너무 환해서 울고 싶어졌다
엄마의 잔소리가 그립고
아버지의 무뚝뚝한 한숨마저

이불처럼 덮고 싶던 밤이 있었다

살아 있다는 건
그리움을 씹는 일이라는 걸
잊고 살다가
텃밭에 심긴 고추 하나 붉게 물들 때면
그 손길, 그 목소리가
속삭이듯 돌아온다

사랑은 때로 멍 자국 같아
아물지 않은 데를 건드린 듯
그립다

준비 없는 이별
- 군산 제주항공 사고를 기리다

어찌하오리까

나만 두고 가는 그대
너만 보내야 하는 나

하늘이 찢겨 울 때
누군가는 기도하고
누군가는 울부짖고
누군가는 넋을 잃었다

절규 속에서 읊조린다
아니겠지, 아닐 거야……

살아 있는 내가 할 수 있는 일
읊조리고 읊조린다

너는 떠나고
나는 남아서
얼마만큼 그리워해야 하나

어찌하오리까

제2부

묵은 숨 아래서

피어남

이름 모를 들꽃 하나
가슴에 피었다

그대 지나간 자리
햇살이 머물고
바람은 그대 노래를 배운다

스치듯 다가와
내 안에 뿌리내린 따스함

그대를 그리워하는 일은
하루를 꽃처럼 여는 일
그리움마저 따뜻해지는 일

내 마음은 오늘도
그대 향해 피어난다

봄비의 연가

찰나, 세상이 숨을 멎는다

촉촉한 숨결이 대지를 적시면
나뭇가지 끝으로 연둣빛 속삭임이 일렁이고
잔잔한 피아노 선율 닮은
빗방울이 창을 두드린다

추억이 물안개로 피어오른다

길은 젖고
가슴에 작은 강이 흐른다

심연 속 서랍이 열린다

성벽

서산으로 저무는 빛
늦은 햇살은 지친 어깨를 쓰다듬고
돌 사이 숨은 바람은
이름 없는 발자국을 읽는다

오래된 울음과 웃음이
겹겹이 사무친 성벽
말없이 버텨낸 시간이
모난 돌에 깊게 파였다

밤이 찾아오면
은빛 고요가 내려앉고
진남문鎭南門 앞에선
아직도 누군가 기다린다

해미읍성은 오늘도
세월을 걷는다

봄의 새벽

해는 낮게 숨을 고르고
그림자는 아직 발을 거두지 못했다

하루의 문턱
봄이 고요히 걸어와
겨울의 어깨에 손을 얹는다

그 짧은 악수에
서릿발 잠시 흔들리고
잠들었던 흙 속에서
솜털 같은 싹이 몸을 흔든다

계절은 서로를 지나
살아가는 법을 배우고 있었다

붉은 꽃 피다

한 조각의 뜨겁던 여름이 담벼락에 걸려
태양의 숨결로 붉은 꽃을 피웠다

저물어 가는 하루의 눈빛이
그 속에 스미어
불꽃으로 타오른다

꽃잎에 담은 그리움
낡은 편지처럼
읽히지 않은 말들이 그 안에 갇혀 있다

붉은 꽃은 툭 떨어지며
잃어버린 여름을 불러본다
그리움은 꽃이 피고 지듯
다시 돌아온다

한여름 바람이 지나가면
닫히지 않는 너의 창문 되어
줄기에 얽힌 시간을 담는다
꽃잎이 떨어지는 찰나

내 안의 잃어버린 기억이
하나씩 풀려나는 소리와 같아

그리움의 침묵 안에서
하늘 향해 손을 뻗는 꿈을 꾸고
다시 너를 찾을 때까지
천천히 사라지리라

봄비처럼

물기 어린 하늘이 열리던 날
고운 치마폭 걷어
설레는 마음으로 내게 왔다

눈빛이 닿을 때마다
가슴에 고인 빗방울
사랑으로 피어나고

구름은 너의 미소를 수놓고
바람은 너의 손끝 따라 춤추듯
마른 나의 계절에 스며들었어

땅은 너의 발걸음에 길을 내고
내 마음은 길 위 작은 풀잎처럼 자라
너의 이름으로 젖는다

하루의 끝에서

늦은 저녁에야 눈을 뜬다

희미한 햇살 하나 남기지 않은 채
하늘은 온몸으로 어둠을 껴안는다
그 어깨에 기대어
오래전 웃음을 떠올린다

첫사랑의 이름을 몰래 불러보던 저녁
그립고 눈부신 날들
불현듯 저무는 이 순간도
내 안 어딘가에 살아 있다

삶이란
가끔 깊게 잠드는 일이다

육백 년의 기도

돌
그리고
또 하나의 돌

숨죽인 세월이
몸을 낮춰
성벽을 세웠다

울지 못한 이름
핏빛 기도로 남아
깃발로 나부낀다

해미읍성,
그대가 감내한
육백 년의 고요 위에
우리의
숨을 얹는다

지울 수 없는
이름으로

당신의 침묵이
빛이었음을
잊지 않으리

늦은 밤

지친 며칠의 굽잇길을
하염없이 걸었다

한 줄기 바람도 벗이 되지 못한 날
피곤이 등을 짓누르던 밤
하루를 잠으로 접었다

시간은
강물처럼 흘러
창가에 어둠을 내려놓고 있었다

구름은 눅눅한 회색 치마를 두르고
구겨진 자신을 매만지며
빈 종이를 꺼내듯
하늘만 들여다보았다

무언가 잃은 듯한 저녁
나를 닮은 시간이
어깨에 내려앉는다

한숨을 한 줌 길게 던지면
어둠이 받아
별 하나로 달랜다

내가 놓친 오늘이 걸렸다

고단한 하루

낮은 곳부터 흠뻑 젖고 있었다

검은 뿌리가
하얗게 뒤척이는 날이면
바람에도 기억이 녹슨다

처마 끝에 매달린
울음 하나
닿지 못한 마음으로 흔들리고

오래된 책장처럼 마른 표정
서랍 속 깊은 곳에 숨겨둔 거울
시간은 더디게 흐른다

기억은 눅눅한 시집처럼
펼칠 때마다 눈이 젖고
허공엔 뿌연 추억이 번진다

젖은 장화를 신고
집으로 돌아가는 중

발끝에 묻은 흙이
하루를 무겁게 짓누른다

묵은 감정이 불쑥 손 내밀며
무릎 언저리쯤에서 오래 울다 간다

묵은 숨 아래서

풀잎이 누운 자리엔 길이 남았다

발끝에 닿는 흙마다
이름 없는 손때가 묻어 있고

돌은 제 모서리를 깎아
기둥을 세우고
불은 제 혀를 삼켜
등불이 되었다

한 줌의 생각이
천 번의 낮과 밤을 지나
이제 따뜻한 인사가 된다

당연한 것들은
누군가의 조용한 울음에서 자란다

희망

잎 진 나무는
자신의 그림자마저 거둔다

말은 조각나 무너지고
침묵이 대신 자란다

고운 손길 위로
시간이 먼지처럼 내려앉고
계절은 그 손끝에서
매듭을 푼다

한 걸음 한 걸음
작아지는 발자국은
내일을
되짚는 지도가 된다

꽃은
그늘에서도 핀다
지금은
햇빛이 잠시 잠들었다

여름의 끝자락에서

슬픈 소식은
비 내리듯 전해진다

익숙한 이름, 낯익은 미소
이제 하늘의 안부만 오간다

멀리 돌아앉은 어머니의 뒷모습이
꿈결처럼 스치고
귓가엔 들리지 않는 이름 하나
젖은 가슴으로 불러본다

창밖엔 장맛비가 질척이고
이따금 관절이 신호를 보내온다

울창했던 여름 숲의 푸름은
멀어지고
거울 속엔 낯선 여인이 산다

산울림

먼 산이 구름의 무게를 이고 서 있다
흐르지 못한 말들이 그 어깨에 쌓이고
바람은 묵은 노래를 흩뿌리듯
잎사귀마다 떨림을 남긴다

그리움은 늘 저 너머에 있어
손 닿지 않는 빛처럼 흔들리고
잠든 강물 위로 달빛이 기우는 밤
말없이 귀 기울이는 귀가 있다

마지막 새소리조차 잠든 자리에
고요는 오래 머물다 별빛이 된다

빛이 머무는 자리

제3부

비 오는 **날의 수채화**

또, 오늘

눈을 뜬다

아직 달빛 한 자락 창가에 머물러
새벽은 고양이처럼 내게 온다

설렘이 밀려오고
작은 떨림이 피어나면
문을 열어 아침을 맞는다

구름은 분홍빛 리본을 풀고
바람은 상쾌함으로 흐른다
두 손을 내밀면
하루가 눈부시게 열린다

오늘이란 시간 속에
설레는 마음을 모아
새날이 된다

눈 속의 불꽃

그리움은 차갑다

밤새 내린 눈처럼
소리 없이 쌓이고
한 겹씩 덧입을수록
깊이 스며드는 추억

불을 지펴도 녹지 않는 온기
눈 속에서 타오르는 불꽃 되고
너의 부재는 더욱 선명하여
이 겨울
가장 따뜻한 곳에서 너를 그린다

바람이 창을 두드린다

눈은 내리고
나는 그 위에
뜨거운 그리움을 새긴다

비 오는 날의 수채화

눅진한 한낮을 지나
바람이 다정히 스친다

빛은 흐려지고
나뭇잎은 젖은 편지처럼 말없이 떨린다

문을 열면
햇살보다 먼저 다가온 따스함
하얀 솜사탕처럼 포근히 감싼다

세상의 소란은 멀어지고
아늑한 작은 궁전에서
달콤한 평온의 아침을 맞는다

해우소

속에서 울어대던
낡은 그림자가
꾸룩꾸룩 부서져 내렸다

한 번의 밸브에
허망이 소용돌이치고
검은 강물로 사라져
남은 자리엔
달빛이 내려앉는다

문을 나서면
발끝은 고요를 밟고
가벼워진 영혼이
아침햇살로 번져간다

알사탕

입 안에서 천천히
녹아내리는 하루

붉은 껍질 벗긴 마음 하나에
단맛으로 위장한 눈물 하나

작은 유리구슬처럼 반짝이던
그 시절의 웃음이
혀끝에 닿는다

수많은 언어가
알사탕 속에 숨어 있다
한 알씩
천천히
제 속살을 드러낸다

어머니의 손에서
주머니 속에서
종이봉지 속에서
세상이 열렸다 닫히던 순간들

단맛이 사라진 자리

말간 침묵만이 맴돈다

기다림

문틈에 걸린 바람이
심장을 흔든다

빛과 그림자가
발끝에서 섞이고
숨죽였던 파문이
가슴 속 호수에 번진다

설레임은 물결처럼 흔들리고
실망은 떠도는 그림자
그 사이에서
아직 열리지 않은 하늘을 바라본다

바다의 숲

파도는 나무의 어깨에 귀를 대고
심연의 노래로 속삭인다

숲은 그 속삭임을 삼켜
잎마다 푸른 물결을 매달고
하늘은 빛의 거울을 꺼내어
두 세계를 비스듬히 겹친다

그 순간
바다는 뿌리가 되고
숲은 물결이 된다
발끝에 쏟아지는
이 낯선 질서 속에 나란히 선다

이름 없는 길

우리는 서로의 눈동자 속에서
자국 없는 지도를 읽는다
길은 없다
다만 발자국이 남으면
그것은 첫 언어가 된다

낯선 추억은 돌의 이마에 새겨진 상형문자
손끝에서 불꽃으로 살아난다

잊을수록 깊어지고
버릴수록 환하다

우리는
허공에 떠 있는 거미줄
투명하여 빛이 닿을 때
가장 찬란히 드러난다

두려움은 그림자의 껍질
빛이 있어야만 태어난다
그러니 그림자는

이미 용기의 타원형 증명이다

공허의 심장 속으로 걸어간다
비로소
존재는 낯선 이름을 얻고
빛은 새롭게 태어난다

가을 풍경

새색시 걸음처럼
조심스레 내려앉는 가랑비
들판은 고운 빛깔로 젖어든다

폭풍은 먼 길 떠나며
가뭄의 그림자를 데려가고
빈 우물의 갈라진 입술 위로
맑은 숨결을 남긴다

농부의 손길은 분주하고
이랑마다 고개 숙인 곡식은
황금빛을 머금었다

가을은 지금
풍요의 한가운데 서서
느린 풍악을 흘리고 있다

분홍빛 그늘

흙 속에서 오래 잠든 뿌리가
다른 흙을 찾아 몸을 섞는다

하나의 줄기에서 번져 나온 숨결은
분홍빛 언어로 피어
창가의 공기를 더듬는다

꽃잎마다 스민 향기는
보이지 않는 손길로
이마를 쓸고, 눈가를 적신다

그리움이 저녁 빛으로 내려앉으면
꽃은 물소리를 삼키고
어머니의 목소리를 들려준다

내 안의 빈자리에
분홍빛 그늘이 드리워지고
그늘은 다시 나를 감싼다

설중화에게

사부작사부작
바람에 묻어온 향기
숨죽여 품에 안던 날

가물대는 첫 연정
아립게 피어나는 새순
살포시 덮는다

하루를 보내고
한 해를 보내고
그대도 보냈던

지난밤 꿈조차 잊혀진
새로운 햇살 아래
부끄러운 속살을 내민다

사부작사부작
하얗게 쌓인 눈꽃
곤히 잠든 그대여

곱게 피어나소서

단비 내리네

세상 속으로 숨어든 보슬비
빛이 닿지 않는 곳에 앉아
천천히 녹아내린다

머리 위로 떨어지는 여린 물방울
그 물방울에 취해
꽃잎은 찬란한 빛을 뿜는다

흙 속에 잠든 오색 빛
물에 스미어 손을 들어 인사하는
하늘과 땅의 이야기

빛이 머무는 자리

노을은 바다의 어깨에 내려앉아
붉은 물빛으로 번져
세상을 적신다

자갈이 저무는 하루의 이야기를 들려주고
바다는 그 속삭임 따라
파도의 옷자락을 끌어당긴다

멀어지는 빛을
다시 품는 반복의 순간
하루의 끝이 한 송이 연꽃으로 피어난다

시간의 흐름 속에
노을은 더욱 깊은 색으로 내려앉고
흘러가는 것들의 따뜻한 숨이 머문다

잠시 머문 자리에서
머물다 가는 빛의 이름으로
소중한 이름 하나 불러본다

첫눈

숨결마저 얼어붙은 새벽
발자국은 아직 없다

잊힌 언어 위로
첫눈이 흘러
그림자를 덮는다

달빛은 나뭇가지에 서성이고
미지의 어둠은
흰빛 속으로 스며든다

닿지 못하는 손끝에
순수와 미지의 세계가
발걸음 하나마다 흔들린다

숨을 고르고 서 있는
나는
아직 오지 않은 모든 처음 속에 있다

가을비의 입맞춤

새벽 창가에 스미는 빗소리
당신의 이름처럼 불쑥
내 어깨를 적신다

메마른 날들의 균열 위에
은빛 입맞춤을 흩뿌리며
잊고 있던 설렘을 흔들어 깨운다

바람결에 실린 빗줄기마다
당신의 손길이 스치면
오래 닫아 둔 마음을 열어
첫날의 노래처럼 떨린다

비가 내린다는 것은
누군가 다정히 불러주는 일
그리움의 심지를 밝히는 일
어둠을 꽃잎처럼 젖히는 일

세상은 온통 당신으로 젖어
몽환처럼 투명한 빛을 노래한다

제4부

늘 **처음**처럼

봄을 보듯 나를 본다

거울 속 봄은 향기롭다

눈가에 번진 미소 하나
견딘 시간만이 허락한
은빛으로 찬란하다

눈동자엔 들꽃이 수줍게 웃고
향기로운 꽃잎이 젖어 든다

눈길보다 먼저 다녀간
햇살 하나 찾아오면
잊은 줄 알았던 웃음
문풍지처럼 들썩인다

늦었다 마셔요
나 닮은 공간에서
눈부신 이 늦봄을
살아가리니

나를 만나다

빛보다 먼저 다녀간 고요 속에
말없이 견딘 한 계절이
흘렀다

잃었다 믿었으나
다시 피어나기 시작한 순간
멈추어야 보이는
침묵의 틈에서
나는 나를 마중한다

흔들려도 좋겠다
무너져도 다시 일어설
힘만 있다면

하여,
한 발 나아갈 수 있다면
지금 이순간
충분히 아름답지 아니한가

오늘도 배운다

온기는 오래전 사라졌다
뿌연 안개 낀 초점 잃은 눈엔
아무것도 보이지 않는다

클릭 한 번에 웃고
코딩 따라 걸어가는 걸음
그 안엔 한 치의 망설임은 없다

감정은 읽히지 않고
가끔 떨리는 말끝은
시스템 오류로 처리한다

사랑은 삭제 대기 중
언제인지 모를 기억은
숫자의 나열로 저장한다

낮과 밤 구분 없이
하루는 다시 복사되고 붙여진다

모니터 속 얼굴이

낯설다가
그조차 익숙해지면
나는 나를 껐다 켜는 법을 배운다

존재하지 않는 존재 사이에서
전원의 땅끝 아래 숨겨둔
꺼지지 않은 불빛 하나 꺼낸다

마지막 인간 사용 설명서
천천히 스캔하고
조용히 엔터를 누른다

안녕

화려했던 덩굴장미
가시 속으로 지고
기억이 안개처럼 희미해질 즈음
마당 끝 배롱나무 아래
바람 하나 풀잎을 덮는다

잠 못 든 창가
얇은 커튼에 흔들리던 달빛
오래된 얼굴이 스친다
다시 불러보지 못한 마음
숨으로 들고 난다

실핏줄보다 가늘어
다시 돌아오지 않는 꿈
끝내 닿지 못한 채
깨어난다

풀벌레 소리 사이로
돌아설 리 없는 추억이
무럭무럭 자란다

꿈의 가장자리를 비집고
그 틈 사이로
소리 없는 안녕이 지나간다

새벽이 오면
달은 지고
등 돌려 앉는 여름밤의 꿈

식지 않은 베갯잇 온기
그 온기에 스민
오래된 마음 하나
머뭇댄다

늘 처음처럼

부르지 않아도 찾아오는 계절

뜨거운 햇살도
끝내 꺾지 못할 단아함으로
세상의 가장 낮은 곳에서
그늘 없이 빛난다

저무는 저녁
무릎을 접듯
하루를 덮는다

피는 일보다
닫는 일에 익숙한
하여,
누구의 눈물보다 아득한 오후

그리움이 깊어질수록
향기는 낮아지고
낮아진 향기 아래
촉촉이 스미는 추억

빛을 기다린다는 건
오래도록 어둠을 품는 일
꽃잎은 침묵 속에 잠든다

배웅

햇살 사이로
이별만큼 아득한 고요가
묵은 가지 위에 앉는다

잎 떠남이 늦은 가지에
묵은 기척이 매달리고
문득
오래전 불렀던 이름 하나
가슴 한 켠에 스친다

덜 여문 이별
돌담 아래 웅크려 울고

가을은
지나온 길을 돌아보는 계절
기다림으로
떠나는 것들을 배웅한다

숨은 달

달도 숨어든 밤

창틈에 묻은 고요를 닦으며
바람에 마음을 기대본다

바람도 숨죽인 틈으로
옛 목소리 하나 흘러든다

기억이 문풍지처럼 흔들리고
달빛보다 느린 그림자
문풍지 뒤에서 안부를 물으면
낯선 슬픔이 밤을 뒤덮는다

불 꺼진 등불 위로
잊힌 이름 하나
안개처럼 떠오르다 사라지는
달도 숨어든 밤

어둠이 깊어지면
그리움만 빛난다

기다림의 끝, 만대

묵은 짐처럼 남겨진 그리움

굽은 어깨로 저녁을 지우던
아버지의 노을이 머물던 곳

파도는 날마다 태어나
부두 끝에 머문
바람 냄새에 내일을 읽는다

삶은
줄 없이 닻을 내리고
조용히 물러서는 포말에게
인사를 건넨다

만대항엔
떠난 사람보다 더 오래
기다리는 사람들이 있었다

그들이 바다가 되었다

아버지의 뒷모습

등줄기 타고 흐르던 땀방울
말없이 걷어낸 세월의 무게
쇠사슬보다 무거운 가족은
기도처럼 단단한 굳은살이었다

무대는 삶이었다

박수가 멈추면
조용히 등을 돌렸다
사랑은 그렇게
보이지 않는 곳에서 견뎌내는 것

박수는 멀어지고
숨죽인 연민만이
발 아래 깔려 있다

내일을 위해 오늘도
무대에 서는
아버지

붉은 꽃

입술보다 먼저 붉어지는 꽃

바람에 머리 풀어
소금기 묻은 사연을 삼킨다

스스로 지고, 스스로 피는
서늘한 기억 한 줌
꽃잎이 된다

소금보다 짠 향기 따라
무릎 꺾인 기억
한 점 웃음으로 투명해지는 저녁
모래 위에 눕는다

붉게 물든
묵묵한 기다림 하나
기다림이 향기 뿜어내면
소금기 머금은 바람 끝에
어머니 웃음이 머문다

패랭이꽃

햇살이 땅속에서 올라올 때
새벽이 발목을 적셨다

가느다란 줄기는
바늘구멍을 만들어
어둠을 꿰어 올렸다

가장 엷은 햇빛이
꽃잎의 모서리에 걸려
먼 하늘을 읽을 때

닿을 수 없는 자리에서
색은 날마다 다른 언어로 번역되고
침묵은 새로운 문장으로 피어난다

저녁이 처마 끝에 기울면
꽃은 스스로를 접고
그 접힌 틈에서
아직 오지 않은 계절의
심장 소리가 들린다

과녁

바람이 활시위를 당겼다

낮은 숨이 저녁의 골목을 건너면
가는 선이 허공에 박혔다

둥근 고요 속
심장은 한 점을 향해 모이고
빛은 천천히 흩어져
한 점의 어둠으로
세상을 끌어당긴다

빗나간 수많은 화살
풀잎 위에서 새벽의 물기를 모으고
모서리 진 실패들이
햇살 속에 누워 씨앗을 품는다

목표는 멀수록 작아지고
작아질수록 선명해졌다
원 안에서
모든 거리가 한숨처럼 지워진다

저녁이 조용히 내려앉으면
과녁은 사라지고
남은 중심에서
빛이 살아난다

가면의 시간

붉은 입꼬리가
저녁 불빛에 매달려
바람조차 젖어 든다

텅 빈 골목을 가르던 북소리
뒤이어 온 종소리는
폐허 같은 어두운 골목을 밟고 지난다

허리 굽힌 인형이
웃음을 흘리면
늦게 핀 꽃잎들이
슬픔의 파문을 그린다

바닥은 무거운 숨결을 모아
깃털과 먼지의 그림자를 품고
저문 날의 분내가
식어버린 시간 위에 눕는다

막이 내려도 지워지지 않는 분
거울 속 눈동자는 낯선 별처럼

다시 오를 서막을 기다린다

웃음은 오래도록
꺼지지 않는 별이 되어
깊은 밤을 비춘다

첫사랑의 바다

푸른 장막을 걷어
소금꽃 향기에 숨결을 불어 넣는 바다

햇살은 물결에 부서져
머리칼 사이 은빛 물망울로 스며들고
파도는 맑은 눈빛으로 번져
아린 기억을 흔든다

모래 위에 새겨진 발자국
조개껍질 속 웃음으로 반짝이다
순간의 노래로 파도에 흩어져
다시 바다 속으로 잠긴다

밀려드는 물결은 기억을 끌어올려
심장 깊은 곳에 푸른 깃발을 꽂아
한 시절의 빛을 끊임없이 흔든다

바다는
안개의 장막을 드리우며
첫사랑의 소녀를
끝내 아득한 저편으로 밀어낸다

제5부

둥근 **사유**

폭포의 시간

한 줄기 칼날이
천 길 허공을 가른다

부서지는 물결마다
물살은 노래 되어
바위 어깨를 두드리면
찢긴 빛의 커튼이
심연을 더듬는다

그지없는 추락 속에서
스스로를 지워
생의 얼굴을 드리우면

빛의 조각을 바라보다
떨어지는 물살의 언어를 배운다

비류飛流는
잔향殘香으로 맴돌아
내 안의 적막을 흔들어
적신다

그림자 날개

어스름 저녁
시간의 강이 느릿하게 흐를 때

은빛 맥박이
흐름을 거슬러 오르고
심장 깊은 불꽃으로
공기를 밀어내며 떠오른다

울음처럼 떨리는 깃털
빛의 파장 되어 번지고
시간을 비추는 잔설 같아
하늘이 강처럼 흔들리며 열린다

흩어진 날갯짓은
망설임의 그림자 되고
그 위에 먼저 건너온 꿈이
희미하게 흔들리다 투명해진다

새는
눈부신 침묵으로 날고 있었다

길 위의 여정

안개가 숨을 토할 때
돌길 위 발자국은 흔들리고
손끝 이파리는 바람 속 어둠을 깨우며
흙과 빛의 파편을 모은다

숨결이 돌에 스며
살을 흔드는 고통을 밀어 올리면
찢어진 호흡은
침묵 속에서 불을 지핀다

바람의 결마다
빛과 어둠이 얽히듯
아픔은 희열의 문을 열고
무너진 몸 위에 마음은 다시 선다

발자국 따라 흘러내린 강물은
피와 땀을 비추고
견딘 떨림은
스스로를 넘어선 노래가 된다

발끝에 묻은 산의 숨결이
몸속을 타고 번져
길 끝에서 사라지는 순간
우리는 새벽 같은 내일을 맞는다

하나 되는 시간

바람이 손끝에 스며들고
돌이 발끝을 스칠 때
숨결은 흙과 돌 사이로
잔잔히 번져 흐른다

깊이를 알 수 없는 호흡 속에서
몸을 풀어내면
흩어진 머리카락은 바람에 흔들리고
가벼운 마음과 깊은 시간이
서로를 보듬는다

걸음 속에 그림자가 흘러내리고
사라진 기억은
다시 피어나는 풀잎처럼
뒤돌아와 미소 짓는다

발과 마음이 닿는 자리에
서로를 향한 울림이 맑게 번지고
그 속에서
새로운 길을 여는 희망을 본다

길에서 만난 내일

돌아서는 발자국 따라
흙은 내 이름을 지우고
새로운 단어를 새겨 넣는다

길은
내 안에서 꽃처럼 피어나
세상으로 번져간다

멀어질수록 가까워지고
사라질수록 더 깊이 남아
세상의 침묵을 깨운다

바람은 오래된 노래처럼
어깨에 기대고
빛은 저 멀리에서
아직 오지 않은 내일을 맞는다

노을빛 들판

풀잎마다 남은 햇살이
붉게 숨을 쉰다

노을이 먼 하늘을 끌어당기면
빛 속에 잠든 하루가
발끝 그림자로
시간의 무게를 가늠한다

빛과 어둠이
균형을 잡는 사이
숨결 속 작은 희망이
번지고

들판 한가운데 서면
온몸으로 스며드는 저녁 빛에
내일을 향한 작은 기대가
그림자 속에서 너울댄다

가루의 무게

검은 칠판 위에
하루의 이력을 쓴다

손끝에서 부서지는 백묵의 숨결
가늘고 희미한 줄기로 흘러
시간을 적시고 존재를 그어낸다

누군가 온전히 지워도
가루 되어 허공에 흩날리고
폐부 깊은 곳에 쌓여
삶의 각인으로 남는다

흔적과 망각이 교차하는 자리에서
하루하루의 의미를
가루처럼 흩뿌리며 살아간다

칠판 가득 채워도
남는 것은 소리 없는 가루의 무게
흩어짐으로 완성되는 언어를
백묵은 알고 있을까

당신의 우주

고요로 지어진 좁은 골방
낡은 창호에 스미는 햇살은
천 년의 먼지를 품고 내려앉는다

책장은 마른 숲
활자는 새벽이슬처럼 빛나
선비의 손끝에서
우주의 맥박을 흘려보낸다

밖은 세속의 물결로 출렁이나
골방은 작은 항아리
그 안에서 고독은 와인처럼 발효되어
진리의 향기를 내뿜는다

침묵은 바위보다 무겁고
빛보다 가벼워
등불의 그림자를 흔들어
내면의 별자리를 만든다

좁은 방 안에서

더 넓은 하늘을 열어젖히는 선비

그의 골방은 바깥보다 더 큰 우주였다

둥근 사유

한 점의 둥근 사유가 가지 끝에 걸려 있다

가을 끝에서 반짝이며 익어가는
붉은 별, 능금

한입 물면
단맛이 겹겹이 번져
인생의 시작과 끝이
하나의 심지로 이어짐을 알게 된다

떨어진 향기는
풀잎의 이슬로 땅을 적시고
다른 내일을 기약한다

고통조차 달콤한 기억으로 숙성될 때
능금 하나에도
우주가 숨 쉬고 있음을 배운다

붉은 불꽃

나뭇잎보다
먼저 붉어진 가슴

저녁의 바람이 불면
빛을 따라 나선다

오래된 그리움은
바람 따라 떠나는 낙엽 되고
가장 가까운 그리움은
붉은 물결로 머문다

낙엽이 지기 전
하늘은 더 뜨겁게 물들고
생의 마지막 노래 또한
더 붉게 타올라야 하지 않겠는가

푹 익은 가을이
붉은 불꽃으로 일렁인다

영원의 물결

안개 속 물결
손끝에 닿기 전
심장은 이미 일렁였다

빛 품은 물살
기억의 조각을 흔들 때면
멀어져도 더욱 선명해지는

부드러운 숨결 속
닿을 듯 닿지 않는
첫사랑의 심장

물 위 별빛은
깊은 곳에서 더욱 반짝이고
흐르고 스러져도
온기는 남는다

강은 모든 순간을 감싸
흘러도, 멈춰도,
빛과 그림자로 만나

영원의 물결로 번져가리

달빛 잠들다

달은
흐린 거울을 닮아
낡은 꿈을 비추인다

꽃잎은
낮의 언어를 버리고
어둠 속에서 퍼지는 맑은소리

바람은
잠든 창을 두드리며
그림자를 깨운다

봄밤
고요는 껍질
그 속에서 심장은
아직 보이지 않는 새를 기르고

달빛은 꽃잎에 앉아 바람 속에 잠든다

하얀 추억

밤하늘의 주머니를 비우듯
하얗게 바랜 기억을 꺼내어
가장 깨끗한 비밀을 흩뿌린다

먼 길 돌아온 바람은
새벽 어깨에 눈송이를 얹어
잊었던 약속을 속삭이고

가장 늦게 온 계절은
가장 먼저 닿는 설레임으로
가슴에 묻힌다

어제의 그림자마저
순결한 장막 속에 파묻으면
짙은 침묵이 세상을 채우고

꽃잎처럼 흔들리는 눈빛은
첫사랑의 이름을 부른다

기억을 걷다

한 점 바람이 길 위로
서걱서걱 걷는다

하얀 입김 사이로
흘러간 시간이
발자국을 찍는다

먼 길을 걸었다

바람에 흩어진 별빛
발끝으로 스치면
길 위를 걷던 속삭임도
조용히 귀를 연다

안개 낀 숲속
길을 잃고 헤매는 그림자
흔적 없는 길을 따라
잡히지 않는 빛 속에서
길을 더듬어
작은 희망을 붙든다

뒤따라온 기억의 설렘이

나그네의 발걸음을 감싸면

잠시

눈을 감는다

빛이 머무는 자리

해설

바람과 **햇살**, **그리움**이 피워낸 **고요**의 **들꽃**

조 명 제(시인, 문학평론가)

바람과 햇살, 그리움이 피워낸
고요의 들꽃

조 명 제(시인, 문학평론가)

1

유현민의 시는 직관적이다. 그 직관의 세계를 관통하는 것은 바람과 햇살, 꽃[들꽃]과 고요, 하늘과 그리움의 언어들이다. 이번 제2시집을 채색하고 있는 어휘들은 앞서 말한 시어들과 아울러 빛과 그림자, 어두움[밤], 침묵, 시간, 저녁, 바다, 물결/파도, 흙, 발자국, 기억, 따스함[온기], 손끝 등등이다. 그의 시에서 햇살 혹은 햇빛과 그림자, 바람과 흙이 유난히 많이 나오는 까닭은 무엇일까? 혹시 그것이 서산瑞山의 입지 조건이나 환경적 특성과 연관된 것은 아닐까 생각해 보게도 된다. 그러니까 서산은 서해안 평원 지대의 고장으로 햇빛과 흙이 좋은데다, 가까운 바닷바람이 기른 들꽃의 고요가 눈길을 사로잡는 길지이다. 기름진 토양의 서산은 충실한 농작물 생산지로 널리 알려져 있고, 천수만과 가로림만의 물결이 키운 바지락도 씨알이 실하고 맑다.

시인은 그렇듯 상서로운 땅 서산의 햇살과 바람과 적막 속에서 피어나는 들꽃처럼 쓸쓸하고 청신한 바람으로 독자를 유혹한다.

이름 모를 들꽃 하나
가슴에 피었다

그대 지나간 자리
햇살이 머물고
바람은 그대 노래를 배운다

스치듯 다가와
내 안에 뿌리내린 따스함

그대를 그리워하는 일은
하루를 꽃처럼 여는 일
그리움마저 따뜻해지는 일

내 마음은 오늘도
그대 향해 피어난다

–「피어남」 전문

이 짧은 작품 속에 유현민 시인이 즐겨 쓰는 시어가 대부분 들어 있다. 햇살, 바람, 들꽃, 그리움 등의 주된 단어가 거의 다 들어 있고, 아울러 가슴, 마음, 노래, 하루, 따스함같이 시인이 선호하는 시어가 편재遍在해 있다. 서산의 햇빛과 바람과 토양이 피워 낸 무명의 들꽃, 그 청아한 아름다움과 기품이 보는 이의 가슴을 따뜻하게 하고, 세상을 향해 마음을 열고 꽃으로 피어나게 한다. 유안진 시인은 '값비싼 화초는 사람이 키우고/ 값없는 들꽃은 하느님이 키우시는 것을// 그래서 들꽃 향기는 하늘의 향기인 것을'(「들꽃 언덕에서」) 들꽃 피는 언덕에서 알았다고 썼다. 들꽃의 자생적 생명력과 미덕은 하늘의 뜻에 달려 있다. 그런 꽃들은 흔히 '천상의 화원'이라 불리는 곳에서 숭고한 아름다움을 뿜어내기도 한다.

한때 태양의 혀끝에서 춤을 추었다

바람을 휘감고
시간을 흔들었다

계절의 칼날이 지나
침묵과 바스러진 윤곽을
가슴에 묻었다

뿌리의 필체로
햇살 한 점에도 떨리는
어린잎의 쉼표로
흙은 깨어났다

생의 문턱에서
무너졌다 다시
완성되는 흙의 언어들

－「흙의 언어」 전문

흙은 인류가 가장 오래 삶을 의탁하고, 의식주는 물론 생활에 필요한 도구 제작을 위해 친숙하게 다뤄 온 재료 중 하나이다. 흙은 지구 형성 이후의 시간과 장소, 그리고 역사시대의 장소성을 고스란히 품고 있는 정보체이다. 그 지표地表는 지질학적 연대와 기후의 변화, 생태, 그리고 인간의 숨결과 손길을 모두 기록해 놓은 매체인 셈이다. 특정 지역의 흙은 물질적 성질을 넘어, 그 땅에서 전개된 역사와 문화, 예술과 사회의 관계 등을 집약적으로 드러낸다. 흙은 하나의 기록으로서의 매체이며, 무한한 변형 생성과 재해석이 가능한 텍스트적 언어이다.

서산의 흙, 서산의 토양은 서산 벌판의 들꽃을 피우고, 작물을 키워 서산 사람들의 양식을 생산하고, 서산 사람들의 숨결을 안아 다스린다. 태양과 바람의 시간, '햇살 한 점에도 떨리는/ 어린잎의 쉼표로' 깨어나는 흙의 완성은 인간의 생존을 지키는 신神의 언어에 다름 아니다. 흙은 모든 식물의 뿌리를 보듬고 햇살과 바람의 충일한 작용을 안아 들여 자연의 현상적 은택을 완성하는 모성이다. 시인은 그 바람과 햇살과 흙의 근원적 조화와 생명의 가치를 짚어 내고 있는 것이다.

문틈 새로 스미는 바람에
한 줌의 온기를 부쳐 보낸다
옷깃을 여미는 아이의 손끝
몸을 웅크린 길고양이의 떨림
길모퉁이에서 기다리는 낡은 그림자

눈이 녹아 한 방울, 두 방울
새 움 틔울 때까지

따뜻한 속삭임을 모아

가장 먼저 피어날 꽃을 품는다

-「눈의 방울, 봄을 맺다」 부분

입춘이라고 해서 바로 봄이 오는 것은 아니다. 겨울이 입춘의 치맛자락을 붙들고 늘어져 흔히 눈발을 날리기도 한다. '눈송이가 한 올 두 올/ 속눈썹 끝에 걸려/ 차디찬 속삭임'의 한기寒氣를 풀지 않는다. 하여 시인은 새하얀 대지의 숨결이 봄의 기운을 덮고, '길모퉁이에서 기다리는 낡은 그림자'에 '옷깃을 여미는 아이의 손끝'이 아릴 때, 한 줌의 온기를 문틈으로 새어드는 바람에 부쳐 보낸다. 입춘 무렵의 봄이 오는 마음의 끝을 여미는 화자의 심사心思에는 봄날을 예비하는 기다림이 있다. 눈 녹은 물이 대지를 적시어 새 움을 틔울 때까지, 소매 끝 한기 속에서 화자는 '따뜻한 속삭임 모아' 기다리며 '가장 먼저 피어날 꽃을 품는다'. 따뜻한 온기는 꽃을 품는 시인의 사랑의 열도를 상징한다.

2

꽃잎에 담은 그리움

낡은 편지처럼

읽히지 않은 말들이 그 안에 갇혀 있다

붉은 꽃은 툭 떨어지며

잃어버린 여름을 불러본다

그리움은 꽃이 피고 지듯

다시 돌아온다

- 「붉은 꽃 피다」 부분

스스로 지고, 스스로 피는

서늘한 기억 한 줌 꽃잎이 된다
- 「붉은 꽃」 부분

'꽃'은 중요한 시적 대상이다. 많은 시인들이 꽃을 노래하고, 꽃에서 어떤 의미를 찾으려 한다. 동시에 꽃에게 어떤 의미를 부여하려 한다. 꽃에 대한 의미 부여의 누적은 상징이 되어 존재의 현상으로 환원된다. 꽃이 중요한 시적 대상이 된다고 하는 것은 물론 그만큼 사람이 꽃을 좋아하기 때문이다. 무엇보다 인간은 꽃을 아름답다고 여기고, 아름다움의 상징으로 인지한다. 꽃의 아름다움은 절대적인 것은 아니다. 꽃의 종류에 따라 사람마다 선호도가 다르고, 그 아름다움의 차별적 인식을 가지는 것을 보면 꽃의 아름다움은 상대적이고 편견에 의한 결과적 현상이라고 할 수 있다. 그 같은 상대성과 편견에도 불구하고 인간은 모든 사물과 비교 대조 속에서 꽃의 특질적 아름다움을 아우르는 일반적 현상으로 규범화하여 꽃의 절대적인 미적 상징을 구축한 것이다.

꽃은 왜 아름다운가. 꽃은 아름답지 아니하지 않기 때문에 아름답다. 꽃은 식물적 생태의 절정으로 무의미하며 무위無爲하다. 그 강요 없는 절대적 순수 미학이 인간을 유혹하고, 인

113

간 서정의 실존적 절정으로 이끈다. 유현민 시인은 아름답지 아니하지 않은 꽃의 절대 순수와 미학을 안아 들여 인간의 존재성과 그리움의 실체로 형상한다. 가스통 바슐라르는 시적 몽상 속에서 태어나는 꽃은 몽상가의 존재 자체라고 하였다(『몽상의 시학』). '입술보다 먼저 붉어지는 꽃'의 '서늘한 기억'(「붉은 꽃」)은 되풀이 꽃잎으로 돌아오고, 영원한 그리움의 불꽃이 된다.

> 벽이 되지 않기 위해
> 내 안의 모서리를 깎는다
>
> 우리는 다시 틈을 낸다
>
> 스스로 무너지지 않기 위해
> 바람 하나
> 지날 만큼의
> 여백을 남긴다
>
> 마침내
> 벽 앞에서
> 서로의 무릎이 꺾일 때
> 사람은 사람에게
> 꽃이 된다
>
> — 「무명無明의 벽」 부분

벽과 벽 사이에 사람이 있고, 사람과 사람 사이에 벽이 있다. 시인은 이 작품의 허두에서 '한 생애를 건너며/ 우리는 수없이 벽을 만든다'라고 쓴다. 사람과 사람 사이의, 집단과 집단 사이의 벽을 만들고, 나라와 나라 사이의 벽을 만들기도 한다. 그 근원은 나와 너 사이의 벽이다. 소통이 되지 않거나 단절된 '사이'에 침묵이 쌓이고, 반목의 시선으로 굳어진 벽이 생긴다. '말이 말을 가리고/ 침묵은 마음을 지운' 단절의 벽은 우리를 보호하는 바람벽의 벽과는 다른 것이다. 그것은 불신과 반목의 벽이고, 크게는 이데올로기의 벽이다.

시인은 너(사람)와 나(사람) 사이의 벽을 허물고 '서로에게 다가간다는 건/ 나를 잃지 않으려/ 너를 껴안는 일'이라고 강조한다. 너와의 반목은 결국 나를 잃는 일이라는 깨달음을 시인은 명료하게 짚어 낸다. 그런 까닭에 나 스스로 '벽이 되지 않기 위해/ 내 안의 모서리를 깎는' 일이 먼저이다. 그것이 벽에 틈을 내고, 벽과 벽 사이에 꽃을 피우는 기적을 낳는다. 나부터 내 안의 벽을 허무는 자성과 양보의 미덕, 그것은 '마침내/ 벽 앞에서/ 서로의 무릎이 꺾일 때/ 사람은 사람에게/ 꽃이 된다'는 진실에 상도한다. 벽을 허문 자리에 격의 없는 허심이 사랑을 낳고, 사랑은 이른바 '꽃보다 사람'의 환열을 선사한다.

바람의 필촉筆觸 아래
하늘 가득 묵향을 풀었다
햇살을 물감 삼아 번지고 스미어
한 조각 편지로 떠돈다

흐름은 나의 본령本領

머묾은 이별의 전주곡
형태 없는 살갗에 빛을 두르고
무형無形의 음률로 떠돈다

때로는 유영游泳하는 파도처럼
때로는 흩날리는 편지처럼
천공天空의 책장을 넘긴다

어디에도 기댈 수 없는 존재
어디든 닿을 수 있는 운명이 된다

- 「운雲의 서書」 전문

내 안의 벽을 허물고, 사람과 사람 사이의 관계가 복원되어 사람이 꽃으로 피어날 때, 사람은 바람을 탄 한 덩이 자유로운 구름이 된다. 구름은 여러 의미와 상징성을 가지고 있지만, 자유와 초월과 희망만큼 친근한 상징적 의미는 없을 것이다. 시인은 이 작품에서도 그가 선호하는 시어 '바람'과 '햇살', '하늘'과 '파도', 그리고 '편지'와 '흐름' 등을 갖추어 '어디에도 기댈 수 없는 존재/ 어디든 닿을 수 있는 운명'의 구름詩를 직조하였다.

햇빛 받으며 바람 따라 하늘을 떠도는 한 덩이 구름을 묵향 그윽한 필촉으로 그려 낸 한 장의 그림, 한 조각의 편지로 비유한 이 작품은 결코 머무는 법 없이 떠돌고, 일정한 형태 없는 무형無形의 존재로 리듬을 타듯 흐르는 것이 본령임을 그려 준다. 유영游泳하는 파도처럼 흩날리는 편지처럼 천공天空의 책장을 넘기듯 흘러가는 구름은 인간 존재의 운명을 고스란히 상징한다.

3

앞에서도 언급하였듯, 유현민 시인의 시편에는 '고요'의 언어가 도처에서 발견된다. 고요는 잠잠하고 적적하다라거나, 흔들리거나 움직이지 않는다는 사전적 의미로는 다 풀이되지 않는다. 고요는 정적靜寂의 상태이거나, 묵언 수행의 선禪의 지경일 수도 있다. 지구의 어느 구석에서는 오늘도 전쟁이 계속되고 있지만, 우리는 그 어느 때보다 풍요롭고 자유로운 시대를 살고 있다. 그럼에도 인간은 고독과 허무로부터 자유롭지 못하다. 신神의 사망 이후 인간은 주체적 자유 의지와 그 실현의 길이 열렸지만, 모든 행위의 책임을 홀로 짊어져야 하는 절대적 자유의 시대에 자유는 축복이 아니라 오히려 불안의 얼굴로 다가왔다는 것이 철학자들의 지적이다. 쇼펜하우에르는 그의 「인생 허무론」에서 '불안은 생존의 원형'이라고 하였고, 하이데거도 불안은 인간의 실존성을 드러낸다고 하였다.

유현민 시인은 '시작은 고요했다'라고 시 「시작」의 허두를 시작하고 있다. 고요는 정적靜寂이거나 흔들림이 없는 상태를 말함이다. 모든 언어는 다층적이어서 '고요'는 고요의 의미만을 지니지 않는다. 우리는 고요를 말하며 소란과 잡음을 떠올리기도 한다. 황동규 시인은 시 「꽃의 고요」에서 '고요도 소리의 집합 가운데 하나가 아니겠는가'라는 날카로운 운율을 던

졌다. 시인의 고요는 '세상의 소란이 멀어지고'(『비 오는 날의 수채화』) 난 뒤의, '창틈에 묻은 고요'(『숨은 달』)이며, '이별만큼 아득한 고요'(『배웅』)이다. 그리고 '빛바랜 찻잔 속 숨은 고요'(『이름』)이다.

> 오래된 울음과 웃음이
> 겹겹이 사무친 성벽
> 말없이 버텨낸 시간이
> 모난 돌에 깊게 파였다
>
> 밤이 찾아오면
> 은빛 고요가 내려앉고
> 진남문鎭南門 앞에선
> 아직도 누군가 기다린다
>
> ─「성벽」부분

서산의 해미읍성을 다룬 작품이다. 시인은 시 「육백 년의 기도」에서 '해미읍성,/ 그대가 감내한/ 육백 년의 고요 위에/ 우리의/ 숨을 얹는다'라고 썼다. 해미읍성은 왜구를 방어하기 위해 1417년(조선 태종 17년)부터 1421년(세종 3년)까지 축성한 것으로 육백 년이 넘는 시간의 역사성을 가지고 있는데, 충청도의 전군을 지휘하던 병마절도사 병영성이자 읍성이었다. 군사적 중심지이며 방어의 요충지인 이 병마절도사영에 이순신 장군도 군관으로 열 달 가량 근무하기도 했다. 19세기에는 천주교 박해 사건의 비극적 현장이어서 순교 성지로도 널리 알려져 있다. 서산의 시인 유현민은 '오래된 울음과 웃음이/ 겹겹이 사무친' 해미읍성 축조 육백 년 시간의 역사성을 '은빛 고요'로 집약하여 보여준다. 아울러 '지울 수 없는/ 이름으로/ 당신의 침묵이/ 빛이었음을' 읽는다. '침묵'은 '말 없음'이 아니라 '말 없음의 말'이라는 사실을 기억할 때, 해미읍성 육백 년 고요의 침묵은 '울지 못한 이름/ 핏빛 기도로 남아/ 깃발로 나부낀다'(「육백 년의 기도」)라는 상징적 표현으로 귀결된다.

유현민 시인에게 고요는 '묵은 생각을 개어두는 저녁'(「시작」)이나 '첫사랑의 이름을 몰래 불러보는 저녁'(「하루의 끝에서」)의 나를 만나는 시간과 무관하지 않다.

> 빛보다 먼저 다녀간 고요 속에
> 말없이 견딘 한 계절이
> 흘렀다
>
> 잃었다 믿었으나
> 다시 피어나기 시작한 순간
> 멈추어야 보이는
> 침묵의 틈에서
> 나는 나를 마중한다
>
> — 「나를 만나다」 부분

시인은 '빛보다 먼저 다녀간 고요' 속에서 '나는 나를 마중한다'고 말한다. 불안과 맞서는 침묵의 고요 속에서 참된 나를 대면하고, 잠시 흔들려 무너질지라도 다시 일어설 힘을 비

축하고자 한다. 아직 태어나지 않은 시는 침묵 속에 있고, 시 아닌 시 저 너머에 있기 때문이다. 앞에서도 본 바 유현민 시의 색채는 붉은 열정으로 가득하다. '붉은 꽃', '붉은 불꽃', '붉게 타오름' 같은 시의 제목이나 이미지들이 산재해 있다. 시인은 침묵의 고요 속에 뜨거운 정열을 잠자는 화산이듯 품고 있는 것으로 보인다. 29년도 채 살지 못하고 요절한, 18세기 독일의 낭만주의 시인이며 철학자인 노발리스는 저 유명한 단장斷章에서 '나무는 꽃 피는 불꽃에 지나지 않으며 인간은 말하는 불꽃, 동물은 떠돌아다니는 불꽃에 지나지 않는다'라고 하였다. 바슐라르를 참고하여 말하면, 시적 표현이라는 것은 언어의 불꽃에 의해 꽃의 불꽃을 드러냄으로써 존재의 불꽃을 상징화하는 작업이다. 유현민의 시는 또 어디에서 어느 순간에 불꽃의 화산으로 폭발할 것인가, '모든 소리의 집합 가운데 하나인' 고요의 정점에서 장차 확인하게 될 것이다.

어둠은
말보다 먼저 도착했다

조용한 한 줄의 시가
무너진 가슴에 스며
언젠가 등불이 되리라

상처 난 말들을
조금씩 싸매어
아무도 듣지 않는 자리에서

평화를 꿈꾼다

사람이 사람을 위로하는
유일한 언어로
시는 다시 살아난다

누군가는
총 대신 시를 들고
증오가 가르지 못한
한 줌의 평화를 지킨다

- 「시의 안부」 전문

유현민 시인은 서산의 햇살 드는 창가, 혹은 달빛 드는 창가 그 고요의 창변에서 명상하고 시를 쓰리라 다짐한다. 그는 시를 쓰면서 한 줄의 시가 무엇을 할 수 있을까를 생각한다. 시의 영광을 누리던 시대는 오래 전에 막을 내렸고, 디지털 문명의 풍요로운 다매체 시대에 한층 부질없어진 시는 누구를 위하여 존재하는가. '말보다 먼저 도착한 어둠'의 이 궁핍한 시대에 유현민 시인은 '조용한 한 줄의 시가/ 무너진 가슴에 스며/ 언젠가 등불이 되리라'고 믿는다. 시인은 시를 '사람이 사람을 위로하는/ 유일한 언어로' 보아 시의 성능에 온기를 더한다. 뿐만 아니라 그는 참된 시인을 향해 '총 대신 시를 들고/ 증오가 가르지 못한/ 한 줌의 평화를 지키는' 사람이라는 의지를 표명한다.

시는 위로이고 평화 지킴이라는 신념이 시를 다시 일으켜 세울지도 모른다. 시는 어쩌면 '상처 난 말들을/ 조금씩 싸매어' 서로 보듬고 위로하며, 어둠 없는 밝고 화평한 세상을 꿈꾸는 것이리라. 어떤 이는 시를 언어에 의한 존재의 건설이라 하고, 또 어떤 이는 인간 정신의 최후의 보루, 혹은 진실 호도糊塗의 불의에 맞서는 항체라고도 한다. 유현민 시인의 위로와 평화 라는 시적 담론은 이러한 견해들을 두루 감싸 안고 있다 하여 도 좋을 터이다.

4

들꽃 향기 넘어드는 창가, 때로 비 내리는 창가에서 시를 구 상하고 쓸 때, 그리움은 손닿지 않는 데서 밀려든다. 돌아보 면 빈자리, 허전한 공간의 무게가 어깨에 쌓인다. 그 빈자리가 친가 시가媤家 어버이의 정처定處였을 때 그리움은 더욱 깊어진 다. 시인은 노환의 친정어머니와 일찍 여읜 아버지, 그리고 금 년 봄 여읜 시어머니에 대한 그리움을 시로 형상한 작품을 대 여섯 편 보태 놓았다.

바람 끝에선 이름 없는 섬이 되더라
아버지의 뒷모습처럼 무심한
늘 돌아보면 그 자리에 있던 바위 하나

저녁이면 주방 창가에 매달린 햇살
언제나 엄마 손등을 닮아 있었다
물때에 젖은 굽은 손

젖은 그릇을 닦으며

무언의 기도를 바치던 숨결이 아직도 서늘하다

－「저녁 등불 아래서」 부분

나를 낳아 기르고 가르친 부모, 내가 부모의 나이가 되었어
도 친정에 계시어 쉬이 만날 수 없거나, 세상을 뜨거나 한 부
모의 빈자리는 무겁고 깊다. 이 작품에는 친가의 부모와 시모
媤母의 이미지가 겹쳐 있다고 한다. 돌아보면 언제나 그 자리
에 있던 어버이, 세상 이별하고 떠나신 횅한 공간이 '너무 조
용해서,/ 너무 익숙해서' 실감이 나지 않고, 믿고 싶지 않은 날
이 오래 이어진다. 자식을 위해 '물때에 젖은 굽은 손/ 젖은 그
릇을 닦으며/ 무언의 기도를 바치던 숨결' 그 헌신에 마음 아
프다. 텃밭의 고추 붉게 물들 때면 그걸 거두며 속삭이던 목소
리가 들려오고, 짜증스레 넘겼던 엄마의 잔소리가 가슴을 파
고든다. 무심하고 무뚝뚝했던 아버지의 한숨마저 이불처럼 덮
고 싶은 밤이면 산다는 것이 '그리움을 씹는 일이라는 걸' 새
삼 깨닫는다. 인간은 기억의 존재라서 아문 데가 다시 아파오
는 통증의 그리움으로부터 벗어날 수 없다.

기억이 흐리신 친정어머니를 뵙고 화분을 얻어와 분갈이를
하고 나서 쓴 「분홍빛 그늘」에서, 시인은 '꽃잎마다 스민 향기
는/ 보이지 않는 손길로/ 이마를 쓸고, 눈가를 적신다'고 표현
하며, '내 안의 빈자리에/ 분홍빛 그늘이 드리워지고/ 그늘은
다시 나를 감싼다'는 위안의 그리움에 젖는다. 그런가 하면,
시 「이름」과 아울러 '창밖엔 장맛비가 질척이고/ 이따금 관절

이 신호를 보내와' '익숙한 이름, 낯익은 미소/ 이제 하늘의 안부만 오갈'(「여름의 끝자락에서」) 때, 시모에 대한 시인의 그리움은 한층 절절해진다.

> 멀리 돌아앉은 어머니의 뒷모습이
> 꿈결처럼 스미고
> 귓가엔 들리지 않는 이름 하나
> 젖은 가슴으로 불러본다
>
> 　　　　　　　　　 – 「여름의 끝자락에서」 부분

　세상의 아버지는 대개 무심하고 묵묵하다. 어깨 무거운 아버지는 가족의 삶을 위해 바깥을 돌며 일하는 게 예사이다. 말없이 안으로 뜨거운 사랑을 품어 안고 있던 아버지를 유현민 시인은 일찍 여읜 편이라고 한다.

> 등줄기 타고 흐르던 땀방울
> 말없이 걷어낸 세월의 무게
> 쇠사슬보다 무거운 가족은
> 기도처럼 단단한 굳은살이었다
>
> 　　　　　　　　　　 – 「아버지의 뒷모습」 부분

　가솔家率을 위해 묵묵히 일하다 세상을 뜨신 아버지는 언제나 그 무거운 어깨, '말없이 걷어낸 세월의 무게'로 다가온다. 그 무심하고 침통한 삶의 무게는 오히려 진한 상처적 그리움을 불러일으킨다. 시인은 「기다림의 끝, 만대」에서 '묵은 짐처럼 남겨진 그리움'이라고 시의 첫 문장을 쓴다. 충청남도 태안군 이원면, 그러니까 태안반도의 북쪽 땅 끝의, 대한민국에서 가장 작은 항구 만대를 찾아보고 쓴 작품이 「기다림의 끝, 만대」이다. 가로림만의 입구 쪽의 만대 바다에 기대어 사는 갯사람들에게서 '굽은 어깨로 저녁을 지우던/ 아버지의 노을이 머물던 곳'을 생각하고, 아버지의 묵은 짐을 떠올리며 기다림보다 짙은 그리움에 젖어든 것이다.

시인은 「산울림」에서 인간의 원초적 그리움에 대하여 깊은 울림의 대목을 띄워 놓았다.

> 그리움은 늘 저 너머에 있어
> 손 닿지 않는 빛처럼 흔들리고
> 잠든 강물 위로 달빛이 기우는 밤
> 말없이 귀 기울이는 귀가 있다

빛과 그림자의 이미지는 유현민 시인에게 있어서 중요한 인식론적 사유의 바탕을 이룬다. 빛과 그림자는 사랑과 그리움의 변주일 수도 있겠다.

> 두려움은 그림자의 껍질
> 빛이 있어야만 태어난다
> > – 「이름 없는 길」

> 빛과 그림자가
> 발끝에서 섞이고

- 「기다림」

빛 속에 잠든 하루가
발끝 그림자로
시간의 무게를 가늠한다

- 「노을빛 들판」

강은 모든 순간을 감싸
흘러도, 멈춰도,
빛과 그림자로 만나
영원의 물결로 번져가리

- 「영원의 물결」

이것은 시집 도처에서 발견되는 '빛과 그림자' 이미지의 몇 대목만을 옮겨 본 것이다. 빛과 그림자는 유현민 시 사상의 지배적 배경으로 작용한다. '빛과 그림자'는 한시에서 '광음光陰'으로 표현해 왔다. 광음은 물론 빛과 그림자의 번갈음으로 세월을 뜻한다.

노을은 바다의 어깨에 내려앉아
붉은 물빛으로 번져
세상을 적신다

자갈이 저무는 하루의 이야기를 들려주고
바다는 그 속삭임 따라
파도의 옷자락을 끌어당긴다

멀어지는 빛을
다시 품는 반복의 순간
하루의 끝이 한 송이 연꽃으로 피어난다

시간의 흐름 속에
노을은 더욱 깊은 색으로 내려앉고
흘러가는 것들의 따뜻한 숨이 머문다

잠시 머문 자리에서
머물다 가는 빛의 이름으로
소중한 이름 하나 불러본다

- 「빛이 머무는 자리」 전문

유현민 시인의 시적 감각과 특질, 사유의 넓이와 깊이를 이만큼 온전히 드러낸 작품을 골라 보기란 쉽지 않을 것이다. 시인의 인생과 사색이 영롱한 언어의 질감 속에서 완결되고, 사랑과 진실이 시간 속에서 승화昇華하는 한 송이 연꽃으로 피어남 같다. 빛이 머물고, 빛과 그림자가 번갈으는 흐름 속에서 바람과 구름의 자유를 말하고, 그리움과 고요의 꽃을 품어안는다. 시인은 자서自序에서 '빛이 머무는 순간,/ 스쳐 간 시간과 인연이/ 가슴에서 꽃이 되는 순간을' 노래했다고 한다. 수없이 스치는 빛과 그림자 속에서 순간마다 마음이 닿는 삶의 온기와 쌓인 인연을 좇아 소중한 이름 하나 불러보는 간절함으로 쓴 유현민 시의 한 결정結晶이 아닐 수 없다.

문힘시선 039

빛이 머무는 자리

발행일 2025년 12월 25일

지은이 유현민
펴낸이 이순옥

펴낸곳 도서출판 문화의힘
　　　　등록 364-0000117
　　　　주소 대전광역시 동구 대전천북로 30-2(1층)
　　　　전화 042-633-6537
　　　　전송 0505-489-6537

ISBN 979-11-994438-7-7
ⓒ 유현민 2025
저자와 협의로 인지는 생략합니다.

|값 11,000원|